하늘과 바람과 별과 시

베스트 셀러 한국문학선 29

하늘과 바람과 별과 시

윤동주

소담출판사

윤동주
1917-1945

죽는 날까지 하늘을 우러러
한점 부끄럼이 없기를
아아, 잎새에 이는 바람에도
나는 괴로워했다.
별을 노래하는 마음으로
모든 죽어가는 것을 사랑해야지
그리고 나한테 주어진 길을
걸어가야겠다.

오늘 밤에도 별이 바람에 스치운다.

「서시(序詩)」 전문

차례

1 별 헤는 밤

2 쉽게 씌어진 시

3 참회록

6 고향집

7 별똥 떨어진 데

1

별 헤는 밤

서시(序詩)

죽는 날까지 하늘을 우러러
한 점 부끄럼이 없기를,
잎새에 이는 바람에도
나는 괴로워했다.
별을 노래하는 마음으로
모든 죽어가는 것을 사랑해야지
그리고 나한테 주어진 길을
걸어가야겠다.

오늘 밤에도 별이 바람에 스치운다.

자화상(自畵像)

산모퉁이를 돌아 논가 외딴 우물을 홀로 찾아가선
가만히 들여다봅니다.

우물 속에는 달이 밝고 구름이 흐르고 하늘이 펼치고
파아란 바람이 불고 가을이 있습니다.

그리고 한 사나이가 있습니다.
어쩐지 그 사나이가 미워져 돌아갑니다.

돌아가다 생각하니 그 사나이가 가엾어집니다.
도로 가 들여다보니 사나이는 그대로 있습니다.

다시 그 사나이가 미워져 돌아갑니다.
돌아가다 생각하니 그 사나이가 그리워집니다.

우물 속에는 달이 밝고 구름이 흐르고 하늘이 펼치고
파아란 바람이 불고 가을이 있고 추억(追憶)처럼 사
나이가 있습니다.

소년

　여기저기서 단풍잎 같은 슬픈 가을이 뚝뚝 떨어진
다. 단풍잎 떨어져 나온 자리마다 봄을 마련해 놓고
나뭇가지 위에 하늘이 펼쳐 있다. 가만히 하늘을 들여
다보려면 눈썹에 파란 물감이 든다. 두 손으로 따뜻한
볼을 쓸어보면 손바닥에도 파란 물감이 묻어난다. 다
시 손바닥을 들여다본다. 손금에는 맑은 강물이 흐르
고, 맑은 강물이 흐르고, 강물 속에는 사랑처럼 슬픈
얼굴—— 아름다운 순이의 얼굴이 어린다. 소년은 황
홀히 눈을 감아본다. 그래도 맑은 강물은 흘러 사랑처
럼 슬픈 얼굴—— 아름다운 순이의 얼굴은 어린다.

눈 오는 지도

　순이가 떠난다는 아침에 말못할 마음으로 함박눈이
내려, 슬픈 것처럼 창 밖에 아득히 깔린 지도 위에 덮
인다. 방 안을 돌아다보아야 아무도 없다. 벽과 천장
이 하얗다. 방 안에까지 눈이 내리는 것일까, 정말 너
는 잃어버린 역사처럼 홀홀이 가는 것이냐, 떠나기 전
에 일러둘 말이 있던 것을 편지를 써서도 네가 가는
곳을 몰라 어느 거리, 어느 마을, 어느 지붕 밑, 너는
내 마음속에만 남아있는 것이냐, 네 조그만 발자욱을
눈이 자꾸 내려 덮여 따라갈 수도 없다. 눈이 녹으면
남은 발자욱자리마다 꽃이 피리니 꽃 사이로 발자욱을
찾아나서면 일년 열두달 하냥 내 마음에는 눈이 내리
리라.

돌아와 보는 밤

세상으로부터 돌아오듯이 이제 내 좁은 방에 돌아와 불을 끄옵니다. 불을 켜두는 것은 너무나 피로롭은 일이옵니다. 그것은 낮의 연장(延長)이옵기에——

이제 창을 열어 공기를 바꾸어 들여야 할 텐데 밖을 가만히 내다보아야 방 안과 같이 어두워 꼭 세상 같은데 비를 맞고 오던 길이 그대로 비 속에 젖어 있사옵니다.

하루의 울분을 씻을 바 없어 가만히 눈을 감으면 마음속으로 흐르는 소리, 이제 사상(思想)이 능금처럼 저절로 익어 가옵니다.

병원

살구나무 그늘로 얼굴을 가리고, 병원 뒤뜰에 누워,
젊은 여자가 흰 옷 아래로 하얀 다리를 드러내 놓고
일광욕을 한다. 한나절이 기울도록 가슴을 앓는다는
이 여자를 찾아오는 이, 나비 한 마리도 없다. 슬프지
도 않은 살구나무 가지에는 바람조차 없다.

나도 모를 아픔을 오래 참다 처음으로 이곳을 찾아
왔다. 그러나 나의 늙은 의사는 젊은이의 병을 모른
다. 나한테는 병이 없다고 한다. 이 지나친 시련, 이
지나친 피로, 나는 성내서는 안 된다.

여자는 자리에서 일어나 옷깃을 여미고 화단에서 금
잔화 한 포기를 따 가슴에 꽂고 병실 안으로 사라진
다. 나는 그 여자의 건강이── 아니 내 건강도 속히
회복되기를 바라며 그가 누웠던 자리에 누워본다.

새로운 길

내를 건너서 숲으로
고개를 넘어서 마을로

어제도 가고 오늘도 갈
나의 길 새로운 길

민들레가 피고 까치가 날고
아가씨가 지나고 바람이 일고

나의 길은 언제나 새로운 길
오늘도…… 내일도……

내를 건너서 숲으로
고개를 넘어서 마을로

간판 없는 거리

정거장 플랫폼에
내렸을 때 아무도 없어,

다들 손님들뿐,
손님 같은 사람들뿐,

집집마다 간판이 없어
집 찾을 근심이 없어

빨갛게
파랗게
불붙는 문자도 없이

모퉁이마다
자애로운 헌 와사등(瓦斯燈)에
불을 켜놓고,

손목을 잡으면

다들, 어진 사람들
다들, 어진 사람들

봄, 여름, 가을, 겨울,
순서로 돌아들고.

태초의 아침

봄날 아침도 아니고
여름, 가을, 겨울,
그런 날 아침도 아닌 아침에

빠알간 꽃이 피어났네,
햇빛이 푸른데,

그 전날 밤에
그 전날 밤에
모든 것이 마련되었네,

사랑은 뱀과 함께
독은 어린 꽃과 함께.

또 태초의 아침

하얗게 눈이 덮이었고
전신주가 잉잉 울어
하나님 말씀이 들려온다.

무슨 계시일까.

빨리
봄이 오면
죄를 짓고
눈이
밝아

이브가 해산하는 수고를 다하면

무화과 잎사귀로 부끄런 데를 가리고

나는 이마에 땀을 흘려야겠다.

새벽이 올 때까지

다들 죽어가는 사람들에게
검은 옷을 입히시오.

다들 살아가는 사람들에게
흰 옷을 입히시오.

그리고 한침대에
가즈런히 잠을 재우시오.

다들 울거들랑
젖을 먹이시오.

이제 새벽이 오면
나팔소리 들려올 게외다.

무서운 시간

거 나를 부르는 것이 누구요,

가랑잎 이파리 푸르러 나오는 그늘인데,
나 아직 여기 호흡이 남아있소.

한번도 손들어 보지 못한 나를
손들어 표할 하늘도 없는 나를

어디에 내 한몸 둘 하늘이 있어
나를 부르는 것이오.

일을 마치고 내 죽는 날 아침에는
서럽지도 않은 가랑잎이 떨어질 텐데……

나를 부르지 마오.

십자가

쫓아오던 햇빛인데
지금 교회당 꼭대기
십자가에 걸리었습니다.

첨탑이 저렇게도 높은데
어떻게 올라갈 수 있을까요.

종소리도 들려오지 않는데
휘파람이나 불며 서성거리다가,

괴로웠던 사나이,
행복한 예수 그리스도에게
처럼
십자가가 허락된다면

모가지를 드리우고
꽃처럼 피어나는 피를

어두워가는 하늘 밑에
조용히 흘리겠습니다.

바람이 불어

바람이 어디로부터 불어와
어디로 불려가는 것일까,

바람이 부는데
내 괴로움에는 이유가 없다.

내 괴로움에는 이유가 없을까,

단 한 여자를 사랑한 일도 없다.
시대를 슬퍼한 일도 없다.

바람이 자꾸 부는데
내 발이 반석 위에 섰다.

강물이 자꾸 흐르는데
내 발이 언덕 위에 섰다.

슬픈 족속(族屬)

흰 수건이 검은 머리를 두르고
흰 고무신이 거친 발에 걸리우다.

흰 저고리 치마가 슬픈 몸집을 가리고
흰 띠가 가는 허리를 질끈 동이다.

또 다른 고향

고향에 돌아온 날 밤에
내 백골이 따라와 한방에 누웠다.

어둔 방은 우주로 통하고
하늘에선가 소리처럼 바람이 불어온다.

어둠 속에 곱게 풍화작용하는
백골을 들여다보며
눈물 짓는 것이 내가 우는 것이냐
백골이 우는 것이냐
아름다운 혼(魂)이 우는 것이냐

지조 높은 개는
밤을 새워 어둠을 짖는다.

어둠을 짖는 개는
나를 쫓는 것일 게다.

가자 가자
쫓기우는 사람처럼 가자
백골 몰래
아름다운 또 다른 고향에 가자.

길

잃어버렸습니다.
무얼 어디다 잃었는지 몰라
두 손이 주머니를 더듬어
길에 나아갑니다.

돌과 돌과 돌이 끝없이 연달아
길은 돌담을 끼고 갑니다.

담은 쇠문을 굳게 닫아
길 위에 긴 그림자를 드리우고

길은 아침에서 저녁으로
저녁에서 아침으로 통했습니다.

돌담을 더듬어 눈물 짓다
쳐다보면 하늘은 부끄럽게 푸릅니다.

풀 한포기 없는 이 길을 걷는 것은

담 저쪽에 내가 남아있는 까닭이고,

내가 사는 것은, 다만,
잃은 것을 찾는 까닭입니다.

눈 감고 간다

태양을 사모하는 아이들아
별을 사랑하는 아이들아

밤이 어두웠는데
눈 감고 가거라.

가진 바 씨앗을
뿌리면서 가거라.

발부리에 돌이 채이거든
감았던 눈을 와짝 떠라.

별 헤는 밤

계절이 지나가는 하늘에는
가을로 가득 차 있습니다.

나는 아무 걱정도 없이
가을 속의 별들을 다 헤일 듯합니다.

가슴속에 하나 둘 새겨지는 별을
이제 다 못 헤는 것은
쉬이 아침이 오는 까닭이요,
내일 밤이 남은 까닭이요,
아직 나의 청춘이 다하지 않은 까닭입니다.

별 하나에 추억과
별 하나에 사랑과
별 하나에 쓸쓸함과
별 하나에 동경과

별 하나에 시와

별 하나에 어머니, 어머니,

어머님, 나는 별 하나에 아름다운 말 한마디씩 불러
봅니다. 소학교 때 책상을 같이했던 아이들의 이름과,
패(佩), 경(鏡), 옥(玉) 이런 이국(異國) 소녀들의
이름과, 벌써 애기 어머니 된 계집애들의 이름과, 가
난한 이웃 사람들의 이름과, 비둘기, 강아지, 토끼,
노새, 노루, 프랑시스 잠, 라이너 마리아 릴케, 이런
시인의 이름을 불러봅니다.

이네들은 너무나 멀리 있습니다.
별이 아슬히 멀듯이,

어머님,
그리고 당신은 멀리 북간도에 계십니다.

나는 무엇인지 그리워

이 많은 별빛이 내린 언덕 위에
내 이름자를 써보고,
흙으로 덮어 버리었습니다.

딴은 밤을 새워 우는 벌레는
부끄러운 이름을 슬퍼하는 까닭입니다.

그러나 겨울이 지나고 나의 별에도 봄이 오면
무덤 위에 파란 잔디가 피어나듯이
내 이름자 묻힌 언덕 위에도
자랑처럼 풀이 무성할 게외다.

2

쉽게 씌어진 시

흐르는 거리

으스름히 안개가 흐른다. 거리가 흘러간다. 저 전
차, 자동차 모든 바퀴가 어디로 흘리워 가는 것일까?
정박할 아무 항구도 없이, 가련한 많은 사람들을 싣고
서, 안개 속에 잠긴 거리는,

거리 모퉁이 붉은 포스트 상자를 붙잡고 섰을라면
모든 것이 흐르는 속에 어렴풋이 빛나는 가로등, 꺼지
지 않는 것은 무슨 상징일까? 사랑하는 동무 박(朴)
이여! 그리고 김(金)이여! 자네들은 지금 어디 있는
가? 끝없이 안개가 흐르는데,

「새로운 날 아침 우리 다시 정답게 손목을 잡아보
세」몇 자 적어 포스트 속에 떨어트리고, 밤을 새워
기다리면 금휘장(金徽章)에 금단추를 삐었고 거인처
럼 찬란히 나타나는 배달부, 아침과 함께 즐거운 내임
(來臨),

이 밤을 하염없이 안개가 흐른다.

흰 그림자

황혼이 짙어지는 길모금에서
하루 종일 시들은 귀를 가만히 기울이면
땅거미 옮겨지는 발자취소리,

발자취소리를 들을 수 있도록
나는 총명했던가요.

이제 어리석게도 모든 것을 깨달은 다음
오래 마음 깊은 속에
괴로워하던 수많은 나를
하나, 둘 제 고장으로 돌려보내면
거리 모퉁이 어둠 속으로
소리없이 사라지는 흰 그림자,

흰 그림자들
연연히 사랑하던 흰 그림자들,

내 모든 것을 돌려보낸 뒤
허전히 뒷골목을 돌아
황혼처럼 물드는 내 방으로 돌아오면

신념이 깊은 의젓한 양처럼
하루 종일 시름없이 풀포기나 뜯자.

사랑스런 추억

봄이 오던 아침, 서울 어느 조그만 정거장에서
희망과 사랑처럼 기차를 기다려,

나는 플랫폼에 간신한 그림자를 떨어트리고,
담배를 피웠다.

내 그림자는 담배 연기 그림자를 날리고
비둘기 한떼가 부끄러울 것도 없이
나래 속을 속, 속, 햇빛에 비춰, 날았다.

기차는 아무 새로운 소식도 없이
나를 멀리 실어다 주어,

봄은 다 가고── 동경 교외 어느 조용한 하숙방에
서, 옛거리에 남은 나를 희망과 사랑처럼 그리워한다.

오늘도 기차는 몇 번이나 무의미하게 지나가고,

오늘도 나는 누구를 기다려 정거장 가차운 언덕에서
서성거릴 게다.

—— 아아 젊음은 오래 거기 남아있거라.

쉽게 씌어진 시

창 밖에 밤비가 속살거려
육첩방(六疊房)은 남의 나라,

시인이란 슬픈 천명(天命)인 줄 알면서도
한 줄 시를 적어볼까.

땀내와 사랑내 포근히 품긴
보내주신 학비 봉투를 받아

대학 노트를 끼고
늙은 교수의 강의 들으러 간다.

생각해 보면 어린 때 동무를
하나, 둘, 죄다 잃어버리고
나는 무얼 바라
나는 다만, 홀로 침전하는 것일까?

인생은 살기 어렵다는데
시가 이렇게 쉽게 씌어지는 것은
부끄러운 일이다.

육첩방(六疊房)은 남의 나라
창 밖에 밤비가 속살거리는데,

등불을 밝혀 어둠을 조금 내몰고,
시대처럼 올 아침을 기다리는 최후의 나,

나는 나에게 작은 손을 내밀어
눈물과 위안으로 잡는 최초의 악수.

봄

봄이 혈관 속에 시내처럼 흘러
돌, 돌, 시내 가차운 언덕에
개나리, 진달래, 노오란 배추꽃

삼동(三冬)을 참아온 나는
풀포기처럼 피어난다.

즐거운 종달새야
어느 이랑에서나 즐거웁게 솟쳐라.

푸르른 하늘은
아른아른 높기도 한데……

———————

* 위의 5편은 동경에서 서울의 한 벗에게 편지와 함께 보낸 것인데, 편지를 폐기할 때
이 작품의 끝 부분도 함께 폐기되었다.

3
....
참회록

간(肝)

바닷가 햇빛 바른 바위 위에
습한 간을 펴서 말리우자,

코카서스 산중에서 도망해 온 토끼처럼
둘러리를 빙빙 돌며 간을 지키자,

내가 오래 기르던 여윈 독수리야!
와서 뜯어먹어라, 시름없이

너는 살찌고
나는 여위어야지, 그러나,

거북이야!
다시는 용궁의 유혹에 안 떨어진다.

프로메테우스 불쌍한 프로메테우스
불 도적한 죄로 목에 맷돌을 달고
끝없이 침전하는 프로메테우스.

참회록(懺悔錄)

파란 녹이 낀 구리거울 속에
내 얼굴이 남아있는 것은
어느 왕조의 유물이기에
이다지도 욕될까

나는 나의 참회의 글을 한 줄에 줄이자
—— 만(滿)이십사년 일개월을
　　무슨 기쁨을 바라 살아왔던가

내일이나 모레나 그 어느 즐거운 날에
나는 또 한 줄의 참회록을 써야 한다.
—— 그때 그 젊은 나이에
　　왜 그런 부끄런 고백을 했던가

밤이면 밤마다 나의 거울을
손바닥으로 발바닥으로 닦아보자.

그러면 어느 운석 밑으로 홀로 걸어가는

슬픈 사람의 뒷모양이
거울 속에 나타나온다.

못 자는 밤

하나, 둘, 셋, 넷
......
밤은
많기도 하다.

위로

거미란 놈이 흉한 심보로 병원 뒤뜰 난간과 꽃밭 사이 사람 발이 잘 닿지 않는 곳에 그물을 쳐놓았다. 옥외 요양을 받는 젊은 사나이가 누워서 치어다보기 바르게——

나비가 한 마리 꽃밭에 날아들다 그물에 걸리었다. 노오란 날개를 파득거려도 파득거려도 나비는 자꾸 감기우기만 한다. 거미가 쏜살같이 가더니 끝없는 끝없는 실을 뽑아 나비의 온몸을 감아 버린다. 사나이는 긴 한숨을 쉬었다.

나이보담 무수한 고생 끝에 때를 잃고 병을 얻은 이 사나이를 위로할 말이—— 거미줄을 헝클어 버리는 것밖에 위로의 말이 없었다.

팔복(八福)
－마태복음 5장 3~12

슬퍼하는 자는 복이 있나니
슬퍼하는 자는 복이 있나니
슬퍼하는 자는 복이 있나니
슬퍼하는 자는 복이 있나니
슬퍼하는 자는 복이 있나니
슬퍼하는 자는 복이 있나니
슬퍼하는 자는 복이 있나니
슬퍼하는 자는 복이 있나니

저희가 영원히 슬플 것이오.

산골물

괴로운 사람아 괴로운 사람아
옷자락 물결 속에서도
가슴속 깊이 돌돌 샘물이 흘러
이 밤을 더불어 말할 이 없도다.
거리의 소음과 노래 부를 수 없도다.
그신듯이 냇가에 앉았으니
사랑과 일을 거리에 맡기고
가만히 가만히
바다로 가자,
바다로 가자.

장미 병들어

장미 병들어
옮겨놓을 이웃이 없도다.

달랑달랑 외로이
황마차(幌馬車) 태워 산에 보낼거나

뚜—— 구슬피
화륜선 태워 대양에 보낼거나

프로펠러 소리 요란히
비행기 태워 성층권(成層圈)에 보낼거나

이것저것
다 그만두고

자라가는 아들이 꿈을 깨기 전
이내 가슴에 묻어다오.

달같이

연륜이 자라듯이
달이 자라는 고요한 밤에
달같이 외로운 사랑이
가슴 하나 뻐근히
연륜처럼 피어 나간다.

고추밭

시들은 잎새 속에서
고 빠알간 살을 드러내 놓고,
고추는 방년(芳年) 된 아가씬 양
땡볕에 자꾸 익어간다.

할머니는 바구니를 들고
밭머리에서 어정거리고
손가락 너어는* 아이는
할머니 뒤만 따른다.

---

* 너얼다 = 널다 : 씹다, 빨다의 북도 사투리

코스모스

청초한 코스모스는
오직 하나인 나의 아가씨,

달빛이 싸늘히 추운 밤이면
옛 소녀가 못 견디게 그리워
코스모스 핀 정원으로 찾아간다.

코스모스는
귀또리 울음에도 수줍어지고,

코스모스 앞에 선 나는
어렸을 적처럼 부끄러워지나니,

내 마음은 코스모스의 마음이요
코스모스의 마음은 내 마음이다.

아우의 인상화(印象畵)

붉은 이마에 싸늘한 달이 서리어
아우의 얼굴은 슬픈 그림이다.

발걸음을 멈추어
살그머니 앳된 손을 잡으며
「늬는 자라 무엇이 되려니」
「사람이 되지」
아우의 설운 진정코 설운 대답이다.

슬며시 잡았던 손을 놓고
아우의 얼굴을 다시 들여다본다.

싸늘한 달이 붉은 이마에 젖어
아우의 얼굴은 슬픈 그림이다.

이적(異蹟)

발에 터분한 것을 다 빼어 버리고
황혼이 호수 위로 걸어오듯이
나도 사뿐사뿐 걸어보리이까?

내사 이 호숫가로
부르는 이 없이
불리워 온 것은
참말 이적이외다.

오늘따라
연정(戀情), 자홀(自惚), 시기(猜忌), 이것들이
자꾸 금메달처럼 만져지는구려

하나, 내 모든 것을 여념 없이
물결에 씻어 보내려니
당신은 호면(湖面)으로 나를 불러내소서.

사랑의 전당

순아 너는 내 전(殿)에 언제 들어왔던 것이냐?
내사 언제 네 전(殿)에 들어갔던 것이냐?

우리들의 전당은
고풍(古風)한 풍습이 어린 사랑의 전당

순아 암사슴처럼 수정눈을 내려감아라.
난 사자처럼 엉클린 머리를 고루련다.

우리들의 사랑은 한낱 벙어리였다.

성스런 촛대에 열(熱)한 불이 꺼지기 전
순아 너는 앞문으로 내달려라.

어둠과 바람이 우리 창에 부딪치기 전
나는 영원한 사랑을 안은 채
뒷문으로 멀리 사라지련다

이제 네게는 삼림 속의 아늑한 호수가 있고
내게는 험준한 산맥이 있다.

비오는 밤

쏴── 철석! 파도소리 문살에 부서져
잠 살포시 꿈이 흩어진다.

잠은 한낱 검은 고래떼처럼 살래어,
달랠 아무런 재주도 없다.

불을 밝혀 잠옷을 정성스레 여미는
삼경(三更).
염원.

동경의 땅 강남(江南)에 또 홍수질 것만 싶어,
바다의 향수보다 더 호젓해진다.

유언

후어 — ㄴ 한 방에
유언은 소리없는 입놀림.

—— 바다에 진주 캐러 갔다는 아들
　　해녀와 사랑을 속삭인다는 맏아들
　　이 밤에사 돌아오나 내다봐라——

평생 외롭던 아버지의 운명(殞命),
감기우는 눈에 슬픔이 어린다.

외딴집에 개가 짖고
휘양찬 달이 문살에 흐르는 밤.

창(窓)

쉬는 시간마다
나는 창녘으로 갑니다.

——— 창은 산 가르침.

이글이글 불을 피워주소,
이 방에 찬 것이 서럽니다.

단풍잎 하나
맴도나 보니
아마도 자그마한 선풍(旋風)이 인 게외다.

그래도 싸늘한 유리창에
햇살이 쨍쨍한 무렵,
상학종(上學鐘)이 울어만 싶습니다.

산협(山峽)의 오후

내 노래는 오히려
설운 산울림.

골짜기 길에
떨어진 그림자는
너무나 슬프구나

오후의 명상은
아—— 졸려

비로봉(毘盧峰)

만상(萬象)을
굽어보기란——

무릎이
오들오들 떨린다.

백화(白樺)
어려서 늙었다.

새가
나비가 된다.

정말 구름이
비가 된다.

옷자락이
춥다.

명상(瞑想)

가츨가츨한 머리칼은 오막살이 처마 끝,
쉬파람에 콧마루가 서운한 양 간질키오.

들창 같은 눈은 가볍게 닫혀
이 밤에 연정은 어둠처럼 골골이 스며드오.

바다

실어다 뿌리는
바람조차 시원타.

소나무 가지마다 새침히
고개를 돌리어 뻐들어지고,

밀치고
밀치운다.

이랑을 넘는 물결은
폭포처럼 피어오른다.

해변에 아이들이 모인다
찰찰 손을 씻고 구보로.

바다는 자꾸 설워진다.
갈매기의 노래에……

돌아다보고 돌아다보고
돌아가는 오늘의 바다여!

비애(悲哀)

호젓한 세기(世紀)의 달을 따라
알듯 모를 듯한 데로 거닐고자!

아닌 밤중에 튀기듯이
잠자리를 뛰쳐
끝없는 광야를 홀로 거니는
사람의 심사(心思)는 외로우려니

아—— 이 젊은이는
피라밋처럼 슬프구나

소낙비

번개, 뇌성, 와자지근 두다려
머언 도회지에 낙뢰(落雷)가 있어만 싶다.

벼룻장 엎어논 하늘로
살 같은 비가 살처럼 쏟아진다.

손바닥만한 나의 정원이
마음같이 흐린 호수되기 일쑤다.

바람이 팽이처럼 돈다.
나무가 머리를 이루 잡지 못한다.

내 경건한 마음을 모셔드려
노아 때 하늘을 한 모금 마시다.

그 여자

함께 핀 꽃에 처음 익은 능금은
먼저 떨어졌습니다.

오늘도 가을바람은 그냥 붑니다.

길가에 떨어진 붉은 능금은
지나는 손님이 집어갔습니다.

풍경

봄바람을 등진 초록빛 바다
쏟아질 듯 쏟아질 듯 위태롭다.

잔주름 치마폭의 두둥실거리는 물결은,
오스라질 듯 한껏 경쾌롭다.

마스트 끝에 붉은 깃발이
여인의 머리칼처럼 나부낀다.

*   *

이 생생한 풍경을 앞세우며 뒤세우며
외 — ㄴ 하루 거닐고 싶다.

—— 우중충한 오월 하늘 아래로,
—— 바닷빛 포기포기에 수놓은 언덕으로.

한난계(寒暖計)

싸늘한 대리석 기둥에 모가지를 비틀어 맨 한난계,
　문득 들여다볼 수 있는 운명(運命)한 5척 6촌의
허리 가는 수은주,
　마음은 유리관보다 맑소이다.

　혈관이 단조로워 신경질(神經質)인 여론동물(輿論
動物)
　가끔 분수(噴水) 같은 냉(冷)침을 억지로 삼키기에
정력을 낭비합니다.

　영하로 손가락질할 수돌네 방처럼 추운 겨울보다
　해바라기 만발한 팔월 교정이 이상(理想)곬소이다.
　피끓을 그날이——

　어제는 막 소낙비가 퍼붓더니 오늘은 좋은 날씨올시
다.
　동저고리 바람에 언덕으로, 숲으로 하시구려——

이렇게 가만가만 혼자서 귓속 이야기를 하였습니다.
나는 또 내가 모르는 사이에——

나는 아마도 진실한 세기(世紀)의 계절을 따라
하늘만 보이는 울타리 안을 뛰쳐,
역사 같은 포지션을 지켜야 봅니다.

달밤

흐르는 달의 흰 물결을 밀쳐
여윈 나무그림자를 밟으며
북망산을 향한 발걸음은 무거웁고
고독을 반려(伴侶)한 마음은 슬프기도 하다.

누가 있어만 싶은 묘지엔 아무도 없고,
정적만이 군데군데 흰 물결에 폭 젖었다.

장

이른 아침 아낙네들은 시들은 생활을
바구니 하나 가득 담아 이고……
업고 지고…… 안고 들고……
모여드오 자꾸 장에 모여드오.

가난한 생활을 골골이 벌여놓고
밀려가고 밀려오고……
저마다 생활을 외치오…… 싸우오.

왼 하루 올망졸망한 생활을
되질하고 저울질하고 자질하다가
날이 저물어 아낙네들이
쓴 생활과 바꾸어 또 이고 돌아가오.

---

* 시인은 이 작품 원고 전체를 × 표로 삭제하였으나 편자들은 살려서 싣기로 하였다.

4

황혼이 바다가 되어

밤

오양간 당나귀
아―ㅇ 외마디 울음 울고,

당나귀 소리에
으―아 아 애기 소스라쳐 깨고,

등잔에 불을 다오.

아버지는 당나귀에게
짚을 한 키 담아주고,

어머니는 애기에게
젖을 한 모금 먹이고,

밤은 다시 고요히 잠드오.

황혼이 바다가 되어

하루도 검푸른 물결에
흐느적 잠기고⋯⋯ 잠기고⋯⋯

저—— 웬 검은 고기떼가
물든 바다를 날아 횡단할꼬.

낙엽이 된 해초
해초마다 슬프기도 하오.

서창(西窓)에 걸린 해말간 풍경화.
옷고름 너어는* 고아의 설움

이제 첫 항해하는 마음을 먹고
방바닥에 나딩구오⋯⋯ 딩구오⋯⋯

황혼이 바다가 되어
오늘도 수많은 배가

나와 함께 이 물결에 잠겼을 게오.

＊ 너얼다＝널다 : 씹다, 빨다의 북도 사투리.

아침

휙, 휙, 휙,
소 꼬리가 부드러운 채찍질로
어둠을 쫓아,
캄, 캄, 어둠이 깊다깊다 밝으오.

이제 이 동리의 아침이
풀살 오른 소 엉덩이처럼 푸드오.*
이 동리 콩죽 먹은 사람들이
땀물을 뿌려 이 여름을 길렀오.

잎, 잎, 풀잎마다 땀방울이 맺혔오.

구김살 없는 이 아침을
심호흡하오, 또 하오.

---

* 푸들다 : 살이 오른다는 뜻의 북도 사투리.

가을밤

굳은 비 내리는 가을밤
벌거숭이 그대로
잠자리에서 뛰쳐나와
마루에 쭈그리고 서서
아인 양하고
쇠—— 오줌을 쏘오.

빨래

빨랫줄에 두 다리를 드리우고
흰 빨래들이 귓속 이야기하는 오후,

쨍쨍한 칠월 햇발은 고요히도
아담한 빨래에만 달린다.

닭

한 간(間) 계사(鷄舍) 그 너머 창공이 깃들어
자유의 향토를 잊은 닭들이
시들은 생활을 주잘대고
생산의 고로(苦勞)를 부르짖었다.

음산한 계사에서 쏠려나온
외래종 레구홍,
학원에서 새 무리가 밀려나오는
삼월의 맑은 오후도 있다.

닭들은 녹아드는 두엄을 파기에
아담한 두 다리가 분주하고
굶주렸던 주두리가 바지런하다.
두 눈이 붉게 여물도록——

곡간(谷間)

산들이 두 줄로 줄달음질치고
여울이 소리쳐 목이 잦았다.
한여름의 햇님이 구름을 타고
이 골짜기를 빠르게도 건너련다.

산등허리에 송아지뿔처럼
울뚝불뚝히 어린 바위가 솟고,
얼룩소의 보드라운 털이
산등성이에 퍼──렇게 자랐다.

삼년 만에 고향에 찾아드는
산골 나그네의 발걸음이
타박타박 땅을 고눈다.
벌거숭이 두루미 다리같이……

헌신짝이 지팡이 끝에
모가지를 매달아 늘어지고,

까치가 새끼의 날발을 태우며 날 뿐,
골짝은 나그네의 마음처럼 고요하다.

산상(山上)

거리가 바둑판처럼 보이고,
강물이 배암의 새끼처럼 기는
산 위에까지 왔다.
아직쯤은 사람들이
바둑돌처럼 버려있으리라.

한나절의 태양이
함석지붕에만 비치고,
굼벵이 걸음을 하던 기차가
정거장에 섰다가 검은 내를 토하고
또 걸음발을 탄다.

텐트 같은 하늘이 무너져
이 거리를 덮을까 궁금하면서
좀더 높은 데로 올라가고 싶다.

산림(山林)

시계가 자근자근 가슴을 때려
불안한 마음을 산림이 부른다.

천년 오래인 연륜에 짜들은 유암(幽暗)한 산림이,
고달픈 한 몸을 포옹할 인연을 가졌나보다.

산림의 검은 파동 우으로부터
어둠은 어린 가슴을 짓밟고

이파리를 흔드는 저녁 바람이
쏴—— 공포에 떨게 한다.

멀리 첫여름의 개구리 재질댐에
흘러간 마을의 과거는 아질타.

나무 틈으로 반짝이는 별만이
새날의 희망으로 나를 이끈다.

양지(陽地)쪽

저쪽으로 황토 실은 이 땅 봄바람이
호인(胡人)의 물레바퀴처럼 돌아 지나고

아롱진 사월 태양의 손길이
벽을 등진 설운 가슴마다 올올이 만진다.

지도째기 놀음*에 뉘 땅인 줄 모르는 애 둘이
한 뼘 손가락이 짧음을 한(恨)함이여

아서라! 가뜩이나 엷은 평화가
깨어질까 근심스럽다.

---

* 지도째기 놀음 : 일종의 땅따먹기 놀음. 땅에 지름 1m 정도의 원을 긋고 한쪽 가
에서 손가락으로 바둑돌을 튕겨 상대방 바둑돌을 맞추면 그곳에서 한 뼘 둘레씩 자
기 땅을 늘림. 지도째기 놀음은 시인이 만든 말.

남쪽 하늘

제비는 두 나래를 가지었다.
스산한 가을날——

어머니의 젖가슴이 그리운
서리 내리는 저녁——
어린 영(靈)은 쪽나래의 향수를 타고
남쪽 하늘에 떠돌뿐——

가슴1

소리없는 북,
답답하면 주먹으로
두다려 보오.

그래 봐도
후——
가아는 한숨보다 못하오.

가슴 2

불 꺼진 화(火)독을
안고 도는 겨울밤은 깊었다.

재(灰)만 남은 가슴이
문풍지 소리에 떤다.

황혼

햇살은 미닫이 틈으로
길쭉한 일자(一字)를 쓰고…… 지우고……

까마귀떼 지붕 우으로
둘, 둘, 셋, 넷, 자꾸 날아 지난다.
쑥쑥, 꿈틀꿈틀 북쪽 하늘로,

내사……
북쪽 하늘에 나래를 펴고 싶다.

5

삶과 죽음

이런 날

사이 좋은 정문의 두 돌기둥 끝에서
오색기와 태양기*가 춤을 추는 날,
금을 그은 지역의 아이들이 즐거워하다.

아이들에게 하루의 건조한 학과(學課)로
해말간 권태가 깃들고
「모순」두 자를 이해치 못하도록
머리가 단순하였구나.

이런 날에는
잃어버린 완고하던 형을
부르고 싶다.

＊ 오색기는 만주제국의 국기, 태양기는 일본국기, 일본식민지인 만주제국에서는 국
경일에 두 나라의 국기를 대문 좌우에 나란히 걸었다.

꿈은 깨어지고

꿈은 눈을 떴다.
그윽한 유무(幽霧)에서.

노래하는 종다리
도망쳐 날아나고,

지난날 봄타령하던
금잔디밭은 아니다.

탑은 무너졌다.
붉은 마음의 탑이——

손톱으로 새긴 대리석탑이——
하루 저녁 폭풍에 여지없이도,

오오 황폐의 쑥밭,
눈물과 목메임이여!

꿈은 깨어졌다.
탑은 무너졌다.

오후의 구장(球場)

늦은 봄, 기다리던 토요일날
오후 세시 반의 경성행 열차는
석탄 연기를 자욱히 품기고
지나가고

한 몸을 끄을기에 강하던
공이 자력(磁力)을 잃고
한 모금의 물이
불붙는 목을 축이기에
넉넉하다.
젊은 가슴의 피 순환이 잦고,
두 철각(鐵脚)이 늘어진다.

검은 기차 연기와 함께
푸른 산이
아지랑이 저쪽으로
가라앉는다.

종달새

종달새는 이른 봄날
질디진 거리의 뒷골목이
싫더라.
명랑한 봄하늘,
가벼운 두 나래를 펴서
요염한 봄노래가
좋더라,
그러나,
오늘도 구멍 뚫린 구두를 끌고,
홀렁홀렁 뒷거리길로
고기새끼 같은 나는 헤매나니,
나래와 노래가 없음인가
가슴이 답답하구나.

모란봉(牡丹峰)에서

앙상한 소나무 가지에
훈훈한 바람의 날개가 스치고
얼음 섞인 대동강 물에
한나절 햇발이 미끄러지다.

허물어진 성터에서
철모르는 여아(女兒)들이
저도 모를 이국(異國) 말로
재잘대며 뜀을 뛰고

난데없는 자동차가 밉다.

식권(食券)

식권은 하루 세 끼를 준다.

식모는 젊은 아이들에게
한때 흰 그릇 셋을 준다.

대동강 물로 끓인 국,
평안도 쌀로 지은 밥,
조선의 매운 고추장,

식권은 우리 배를 부르게.

이별

눈이 오다 물이 되는 날
잿빛 하늘에 또 뿌연내, 그리고
크다란 기관차는 빼——액—— 울며,
조그만 가슴은 울렁거린다.

이별이 너무 재빠르다, 안타깝게도,
사랑하는 사람을,
일터에서 만나자 하고——
더운 손의 맛과 구슬눈물이 마르기 전
기차는 꼬리를 산굽으로 돌렸다.

비둘기

안아보고 싶게 귀여운
산비둘기 일곱 마리
하늘 끝까지 보일 듯이 맑은 공일날 아침에
벼를 거두어 빤빤한 논에
앞을 다투어 모이를 주으며
어려운 이야기를 주고받으오.

날씬한 두 나래로 조용한 공기를 흔들어
두 마리가 나오
집에 새끼 생각이 나는 모양이오.

창공(蒼空)

그 여름날
열정의 포플러는
오려는 창공의 푸른 젖가슴을
어루만지려
팔을 펼쳐 흔들거렸다.
끓는 태양 그늘 좁다란 지점에서.

천막 같은 하늘 밑에서
떠들던 소나기
그리고 번개를,
춤추던 구름을 이끌고
남방(南方)으로 도망하고,
높다랗게 창공은 한 폭으로
가지 위에 퍼지고
둥근 달과 기러기를 불러왔다.

푸드른* 어린 마음이 이상(理想)에 타고,

그의 동경의 날 가을에
조락(凋落)의 눈물을 비웃다.

━━━━━━━━━━━━
✻ 푸들다 : 「살찌다」의 북도 사투리.

공상(空想)

공상——
내 마음의 탑
나는 말없이 이 탑을 쌓고 있다.
명예와 허영의 천공(天空)에다
무너질 줄 모르고
한 층 두 층 높이 쌓는다.

무한한 나의 공상——
그것은 내 마음의 바다,
나는 두 팔을 펼쳐서
나의 바다에서
자유로이 헤엄친다.
황금 지욕(知欲)의 수평선을 향하여.

내일은 없다

－어린 마음이 물은

내일 내일 하기에
물었더니
밤을 자고 동틀 때
내일이라고

새날을 찾던 나는
잠을 자고 돌보니
그때는 내일이 아니라
오늘이더라

무리여!
내일은 없나니
……

거리에서

달밤의 거리
광풍이 휘날리는
북국(北國)의 거리
도시의 진주
전등 밑을 헤엄치는
조그만 인어(人魚)나,
달과 전등에 비쳐
한 몸에 둘셋의 그림자,
커졌다 작아졌다.

괴롬의 거리
회색빛 밤거리를
걷고 있는 이 마음
선풍(旋風)이 일고 있네
외로우면서도
한 갈피 두 갈피
피어나는 마음의 그림자,

푸른 공상이
높아졌다 낮아졌다.

삶과 죽음

삶은 오늘도 죽음의 서곡을 노래하였다.
이 노래가 언제나 끝나랴

세상 사람은——
뼈를 녹여내는 듯한 삶의 노래에
춤을 춘다.
사람들은 해가 넘어가기 전
이 노래 끝의 공포를
생각할 사이가 없었다.

하늘 복판에 알새기듯이
이 노래를 부른 자가 누구뇨

그리고 소낙비 그친 뒤같이도
이 노래를 그친 자가 누구뇨

죽고 뼈만 남은
죽음의 승리자 위인(偉人)들!

초 한 대

초 한 대──
내 방에 품긴 향내를 맡는다.

광명의 제단이 무너지기 전
나는 깨끗한 제물을 보았다.

염소의 갈비뼈 같은 그의 몸,
그의 생명인 심지(心志)까지
백옥 같은 눈물과 피를 흘려
불살라 버린다.

그리고도 책상머리에 아롱거리며
선녀처럼 촛불은 춤을 춘다.

매를 본 꿩이 도망하듯이
암흑이 창구멍으로 도망한
나의 방에 품긴
제물의 위대한 향내를 맛보노라.

6
고향집

산울림

까치가 울어서
산울림,
아무도 못 들은
산울림.

까치가 들었다,
산울림,
저 혼자 들었다,
산울림.

애기의 새벽

우리 집에는
닭도 없단다.
다만
애기가 젖 달라 울어서
새벽이 된다.

우리 집에는
시계도 없단다.
다만
애기가 젖 달라 보채어
새벽이 된다.

해바라기 얼굴

누나의 얼굴은
　해바라기 얼굴
해가 금방 뜨자
　일터에 간다.

해바라기 얼굴은
　누나의 얼굴
얼굴이 숙어들어
　집으로 온다.

햇빛 · 바람

손가락에 침 발라
쏘옥, 쏙, 쏙,
장에 가는 엄마 내다보려
문풍지를
쏘옥, 쏙, 쏙,

아침에 햇빛이 반짝,

손가락에 침 발라
쏘옥, 쏙, 쏙,
장에 가신 엄마 돌아오나
문풍지를
쏘옥, 쏙, 쏙,

저녁에 바람이 솔솔.

나무

나무가 춤을 추면
바람이 불고,
나무가 잠잠하면
바람도 자오.

만돌이

만돌이가 학교에서 돌아오다가
전봇대 있는 데서
돌짜기 다섯 개를 주웠습니다.

전봇대를 겨누고
돌 첫 개를 뿌렸습니다.
—— 딱 ——
두 개째 뿌렸습니다.
—— 아뿔싸 ——
세 개째 뿌렸습니다.
—— 딱 ——
네 개째 뿌렸습니다.
—— 아뿔싸 ——
다섯 개째 뿌렸습니다.
—— 딱 ——

다섯 개에 세 개……
그만하면 되었다.

내일 시험,
다섯 문제에 세 문제만 하면──
손꼽아 구구를 하여 봐도
허양* 육십 점이다.
볼 거 있나 공 차러 가자.

그 이튿날 만돌이는
꼼짝 못하고 선생님한테
흰 종이를 바쳤을까요

그렇잖으면 정말
육십 점을 맞았을까요.

---

* 허양 = 「거뜬히」란 뜻의 북간도 사투리.

할아버지

왜떡이 씁은데도
자꾸 달라고 하오

반딧불

가자 가자 가자
숲으로 가자
달조각을 주으러
숲으로 가자.

    그믐밤 반딧불은
    부서진 달조각,

가자 가자 가자
숲으로 가자
달조각을 주으러
숲으로 가자.

둘 다

바다도 푸르고
하늘도 푸르고

바다도 끝없고
하늘도 끝없고

바다에 돌 던지고
하늘에 침 뱉고

바다는 벙글
하늘은 잠잠.

거짓부리

똑, 똑, 똑,
문 좀 열어주세요
하룻밤 자고 갑시다.
　　밤은 깊고 날은 추운데
　　거 누굴까?
문 열어주고 보니
검둥이의 꼬리가
거짓부리한걸.

꼬기요, 꼬기요,
달걀 낳았다.
간난아 어서 집어가거라.
　　간난이 뛰어가 보니
　　달걀은 무슨 달걀,
고놈의 암탉이
대낮에 새빨간
거짓부리한걸.

호주머니

넣을 것 없어
걱정이던
호주머니는,

겨울만 되면
주먹 두 개 갑북 갑북.

겨울

처마 밑에
시래기 다래미
바삭바삭
추워요.

길바닥에
말똥 동그래미
달랑달랑
얼어요.

닭

　　—— 닭은 나래가 커도
　　　왜, 날잖나요

　　—— 아마 두엄 파기에
　　　홀, 잊었나봐.

눈

눈이
새하얗게 와서
눈이
새물새물하오.

사과

붉은 사과 한 개를
아버지, 어머니,
누나, 나, 넷이서
껍질째로 송치까지
다아 나눠 먹었소.

눈

지난밤에
눈이 소오복이 왔네

지붕이랑
길이랑 밭이랑
추워한다고
덮어주는 이불인가봐

그러기에
추운 겨울에만 내리지

버선본

어머니
누나 쓰다 버린 습자지는
두었다간 뭣에 쓰나요?

그런 줄 몰랐더니
습자지에다 내 버선 놓고
가위로 오려
버선본 만드는걸.

어머니
내가 쓰다 버린 몽당연필은
두었다간 뭣에 쓰나요?

그런 줄 몰랐더니
천 위에다 버선본 놓고
침 발라 점을 찍곤
내 버선 만드는걸.

편지

누나!
이 겨울에도
눈이 가득히 왔습니다.

흰 봉투에
눈을 한 줌 넣고
글씨도 쓰지 말고
우표도 붙이지 말고
말쑥하게 그대로
편지를 부칠까요?

누나 가신 나라엔
눈이 아니 온다기에.

개

눈 위에서
개가
꽃을 그리며
뛰오.

참새

가을 지난 마당은 하이얀 종이
참새들이 글씨를 공부하지요.

째액째액 입으로 받아 읽으며
두 발로는 글씨를 연습하지요.

하루종일 글씨를 공부하여도
쩩자 한자밖에는 더 못 쓰는걸.

무얼 먹고 사나

바닷가 사람
물고기 잡아먹고 살고

산골엣 사람
감자 구워먹고 살고

별나라 사람
무얼 먹고 사나.

봄

우리 애기는
아래 발치에서 코올코올,

고양이는
부뚜막에서 가릉가릉,

애기 바람이
나뭇가지에서 소올소올,

아저씨 햇님이
하늘 한가운데서 째앵째앵.

굴뚝

산골짜기 오막살이 낮은 굴뚝엔
몽기몽기 웨인 연기 대낮에 솟나,

감자를 굽는 게지 총각애들이
깜박깜박 검은 눈이 모여앉아서
입술에 꺼멓게 숯을 바르고
옛이야기 한커리에 감자 하나씩.

산골짜기 오막살이 낮은 굴뚝엔
살랑살랑 솟아나네 감자 굽는 내.

비행기

머리에 프로펠러가
연잣간 풍차보다
더—— 빨리 돈다.

땅에서 오를 때보다
하늘에 높이 떠서는
빠르지 못하다
숨결이 찬 모양이야.

비행기는——
새처럼 나래를
펄럭거리지 못한다
그리고 늘——
소리를 지른다.
숨이 찬가봐.

햇비

아씨처럼 나린다
보슬보슬 햇비
맞아주자 다같이
    옥수숫대처럼 크게
    닷자엿자 자라게
    햇님이 웃는다
    나보고 웃는다.

하늘다리 놓였다
알롱알롱 무지개
노래하자 즐겁게
    동무들아 이리 오나
    다같이 춤을 추자
    햇님이 웃는다
    즐거워 웃는다

빗자루

요오리조리 베면 저고리 되고
이이렇게 베면 큰 총 되지.
　　누나하고 나하고
　　가위로 종이 쏠았더니
　　어머니가 빗자루 들고
　　누나 하나 나 하나
　　엉덩이를 때렸소
　　방바닥이 어지럽다고——

　　아아이 아니
　　고놈의 빗자루가
　　방바닥 쓸기 싫으니
　　그랬지 그랬어
괘씸하여 벽장 속에 감췄더니
이튿날 아침 빗자루가 없다고
어머니가 야단이지요.

기왓장 내외

비오는날 저녁에 기왓장내외
잃어버린 외아들 생각나선지
꼬부라진 잔등을 어루만지며
쭈룩쭈룩 구슬피 울음웁니다.

대궐지붕 위에서 기왓장내외
아름답던 옛날이 그리워선지
주름잡힌 얼굴을 어루만지며
물끄러미 하늘만 쳐다봅니다.

오줌싸개 지도

빨랫줄에 걸어논
　　요에다 그린 지도
지난밤에 내 동생
　　오줌싸 그린 지도

꿈에 가본 엄마 계신
　　별나라 지돈가?
돈 벌러간 아빠 계신
　　만주땅 지돈가?

병아리

「뾰, 뾰, 뾰,
엄마 젖 좀 주」
병아리 소리.

「꺽, 꺽, 꺽,
오냐 좀 기다려」
엄마닭 소리.

좀 있다가
병아리들은
엄마 품속으로
다 들어갔지요,

귀뚜라미와 나와

귀뚜라미와 나와
잔디밭에서 이야기했다.

귀뜰귀뜰
귀뜰귀뜰

아무게도 알으켜 주지 말고
우리 둘만 알자고 약속했다.

귀뜰귀뜰
귀뜰귀뜰

귀뚜라미와 나와
달 밝은 밤에 이야기했다.

조개껍질

아롱다롱 조개껍데기
울 언니 바닷가에서
주워온 조개껍데기

여긴여긴 북쪽 나라요
조개는 귀여운 선물
장난감 조개껍데기

데굴데굴 굴리며 놀다
짝 잃은 조개껍데기
한 짝을 그리워하네

아롱아롱 조개껍데기
나처럼 그리워하네
물소리 바닷물소리

고향집
– 만주에서 부른

헌 짚신짝 끄을고
    나 여기 왜 왔노
두만강을 건너서
    쓸쓸한 이 땅에

남쪽 하늘 저 밑에
    따뜻한 내 고향
내 어머니 계신 곳
    그리운 고향집

7
별똥 떨어진 데

트루게네프의 언덕

나는 고갯길을 넘고 있었다…… 그때 세 소년 거지
가 나를 지나쳤다.

첫째 아이는 잔등에 바구니를 둘러메고, 바구니 속
에는 사이다병, 간즈메통, 쇳조각, 헌 양말짝 등 폐물
이 가득하였다.

둘째 아이도 그러하였다.

셋째 아이도 그러하였다.

텁수룩한 머리털, 시커먼 얼굴에 눈물 고인 충혈된
눈 색 잃어 푸르스름한 입술, 너들너들한 남루, 찢겨
진 맨발,

아아, 얼마나 무서운 가난이 이 어린 소년들을 삼키
었느냐!

나는 측은한 마음이 움직이었다.

나는 호주머니를 뒤지었다. 두툼한 지갑, 시계, 손
수건…… 있을 것은 죄다 있었다.

그러나 무턱대고 이것들을 내줄 용기는 없었다. 손
으로 만지작 만지작거릴 뿐이었다.

다정스레 이야기나 하리라 하고 「얘들아」 불러보았
다.
　첫째 아이가 충혈된 눈으로 흘끔 돌아다볼 뿐이었
다.
　둘째 아이도 그러할 뿐이었다.
　셋째 아이도 그러할 뿐이었다.
　그리고는 너는 상관없다는 듯이 자기네끼리 소근소
근 이야기하면서 고개로 넘어갔다.
　언덕 위에는 아무도 없었다.
　짙어가는 황혼이 밀려들 뿐——

화원(花園)에 꽃이 핀다

　개나리, 진달래, 앉은뱅이, 라일락, 민들레, 찔레, 복사, 들장미, 해당화, 모란, 릴리, 창포, 튜울립, 카네이션, 봉선화, 백일홍, 채송화, 다알리아, 해바라기, 코스모스—— 코스모스가 홀홀이 떨어지는 날 우주의 마지막은 아닙니다. 여기에 푸른 하늘이 높아지고 빨간 노란 단풍이 꽃에 못지않게 가지마다 물들었다가 귀또리 울음이 끊어짐과 함께 단풍의 세계가 무너지고 그 위에 하룻밤 사이에 소복이 흰 눈이 내려, 내려 쌓이고 화로에는 빨간 숯불이 피어오르고 많은 이야기와 많은 일이 이 화롯가에서 이루어집니다.
　독자제현(讀者諸賢)! 여러분은 이 글이 씌어지는 때를 독특한 계절로 짐작해서는 아니 됩니다. 아니, 봄, 여름, 가을, 겨울, 어느 철로나 상정(想定)하셔도 무방합니다. 사실 일년 내내 봄일 수는 없습니다. 하나 이 화원에는 사철내 봄이 청춘들과 함께 싱싱하게 등대하여 있다고 하면 과분한 자기선전일까요. 하나의 꽃밭이 이루어지도록 손쉽게 되는 것이 아니라 고생과 노력이 있어야 하는 것입니다. 딴은 얼마의 단어를 모아 이 졸문을 지적거리는데도 내 머리는 그렇게 명석한 것은 못 됩니다. 한 해 동안을 내 두뇌로써가 아니라 몸으로써 일일이 헤아려 세포 사이마다 간직해 두어서야 겨우 몇 줄의 글이 이루어집니다. 그리하여 나에게 있어 글을 쓴다는 것이 그리 즐거운 일일 수는 없습니다. 봄바람의 고민에 짜들고 녹음의 권태에 시들고, 가을 하늘 감상에 울고, 노변(爐邊)의 사색에 졸다가 이 몇 줄의 글과 나의 화원과 함께 나의 일년은 이루어집니다.

시간을 먹는다는(이 말의 의의(意義)와 이 말의 묘미는 칠판 앞에 서보신 분과 칠판 밑에 앉아보신 분은 누구나 아실 것입니다) 것은 확실히 즐거운 일임에 틀림없습니다. 하루를 휴강한다는 것보다(하긴 슬그머니 까먹어 버리면 그만이지만) 다 못한 시간, 숙제를 못해 왔다든가 따분하고 졸리고 한 때, 한 시간의 휴강은 진실로 살로 가는 것이어서, 만일 교수가 불편하여 못 나오셨다고 하더라도 미처 우리들의 예의를 갖출 사이가 없는 것입니다. 그러나 이것을 우리들의 망발과 시간의 낭비라고 속단하셔선 아니 됩니다. 여기에 화원이 있습니다. 한 포기 푸른 풀과 한 떨기의 붉은 꽃과 함께 웃음이 있습니다. 노트장을 적시는 것보다 한우충동(汗牛充棟)에 묻혀 글줄과 씨름하는 것보다 더 정확한 진리를 탐구할 수 있을는지, 보다 더 많은 지식을 획득할 수 있을는지, 보다 더 효과적인 성과가 있을지를 누가 부인하겠습니까.

나는 이 귀한 시간을 슬그머니 동무들을 떠나서 단 혼자 화원을 거닐 수 있습니다. 단 혼자 꽃들과 풀들과 이야기할 수 있다는 것이 얼마나 다행한 일이겠습니까. 참말 나는 온정으로 이들을 대할 수 있고 그들은 나를 웃음으로 맞아줍니다. 그 웃음을 눈물로 대한다는 것은 나의 감상일까요. 고독, 정숙도 확실히 아름다운 것임에 틀림이 없으나, 여기에 또 서로 마음을 주는 동무가 있는 것도 다행한 일이 아닐 수 없습니다. 우리 화원 속에 모인 동무들 중에, 집에 학비를 청구하는 편지를 쓰는 날 저녁이면 생각하고 생각하던 끝 겨우 몇 줄 써보낸다는 A군, 기뻐해야 할 서류(書

類)(통칭(通稱) 월급봉투)를 받아든 손이 떨린다는 B군, 사랑을 위하여서는 밥맛을 잃고 잠을 잊어버린다는 C군, 사상적 당착(撞着)에 자살을 기약한다는 D군…… 나는 이 여러 동무들의 갸륵한 심정을 내 것인 것처럼 이해할 수 있습니다. 서로 너그러운 마음으로 대할 수 있습니다.

나는 세계관, 인생관, 이런 좀더 큰 문제보다 바람과 구름과 햇빛과 나무와 우정, 이런 것들에 더 많이 괴로워해 왔는지도 모르겠습니다. 단지 이 말이 나의 역설이나, 나 자신을 흐리우는 데 지날 뿐일까요. 일반은 현대 학생 도덕이 부패했다고 말합니다. 스승을 섬길 줄을 모른다고들 합니다. 옳은 말씀들입니다. 부끄러울 따름입니다. 하나 이 결함을 괴로워하는 우리들 어깨에 지워 광야로 내쫓아 버려야 하나요. 우리들의 아픈 데를 알아주는 스승, 우리들의 생채기를 어루만져 주는 따뜻한 세계가 있다면 박탈된 도덕일지언정 기울여 스승을 진심으로 존경하겠습니다. 온정의 거리에서 원수를 만나면 손목을 붙잡고 목놓아 울겠습니다.

세상은 해를 거듭 포성(砲聲)에 떠들썩하건만 극히 조용한 가운데 우리들 동산에서 서로 융합할 수 있고 이해할 수 있고 종전의 ×*가 있는 것은 시세의 역효과일까요.

　봄이 가고, 여름이 가고, 가을, 코스모스가 홀홀이 떨어지는 날 우주의 마지막은 아닙니다. 단풍의 세계가 있고──── 이상이견빙지(履霜而堅氷至)──── 서리를 밟거든 얼음이 굳어질 것을 각오하라가 아니라, 우리는 서릿발에 끼친 낙엽을 밟으면서 멀리 봄이 올 것을 믿습니다.

　노변(爐邊)에서 많은 일이 이뤄질 것입니다.

＊ 시인은 적절한 말을 찾지 못하여 우선 이렇게 표한 듯함.

달을 쏘다

번거롭던 사위(四圍)가 잠잠해지고 시계소리가 또
렷하나 보니 밤은 저윽이 깊을 대로 깊은 모양이다.
보던 책자를 책상 머리에 밀어놓고 잠자리를 수습한
다음 잠옷을 걸치는 것이다. 「딱」 스위치 소리와 함
께 전등을 끄고 창녘의 침대에 드러누우니 이때까지
밝은 휘양찬 달밤이었던 것을 감각지 못하였었다. 이
것도 밝은 전등의 혜택이었을까.

나의 누추한 방이 달빛에 잠겨 아름다운 그림이 된
다는 것보담도 오히려 슬픈 선창(船艙)이 되는 것이
다. 창살이 이마로부터 콧마루, 입술, 이렇게 하여 가
슴에 여민 손등에까지 어른거려 나의 마음을 간지르는
것이다. 옆에 누운 분의 숨소리에 방은 무시무시해진
다. 아이처럼 황황해지는 가슴에 눈을 치떠서 밖을 내
다보니 가을 하늘은 역시 맑고 우거진 송림은 한폭의
묵화(墨畵)다. 달빛은 솔가지에 솔가지에 쏟아져 바
람인 양 쏴──소리가 날 듯하다. 들리는 것은 시계
소리와 숨소리와 귀또리 울음뿐 벅쩍 고던 기숙사도
절간보다 더한층 고요한 것이 아니냐?

나는 깊은 사념에 잠기우기 한창이다. 딴은 사랑스
런 아가씨를 사유(私有)할 수 있는 아름다운 상화(想
華)도 좋고, 어린적 미련을 두고 온 고향에의 향수도
좋거니와 그보다 손쉽게 표현 못할 심각한 그 무엇이
있다.

바다를 건너온 H군의 편지 사연을 곰곰 생각할수록
사람과 사람 사이의 감정이란 미묘한 것이다. 감상적
인 그에게도 필연코 가을은 왔나보다.

편지는 너무나 지나치지 않았던가. 그 중 한 토막,
「군아, 나는 지금 울며울며 이 글을 쓴다. 이 밤도 달
이 뜨고, 바람이 불고, 인간인 까닭에 가을이란 흙냄
새도 안다. 정의 눈물, 따뜻한 예술학도였던 정의 눈
물도 이 밤이 마지막이다.」

또 마지막 켠으로 이런 구절이 있다.

「당신은 나를 영원히 쫓아버리는 것이 정직할 것이
오.」

나는 이 글의 뉘앙스를 해득할 수 있다. 그러나 사
실 나는 그에게 아픈 소리 한마디 한 일이 없고 서러

운 글 한 쪽 보낸 일이 없지 아니한가. 생각컨대 이 죄는 다만 가을에게 지워보낼 수밖에 없다.

홍안서생(紅顔書生)으로 이런 단안(斷案)을 내리는 것은 외람한 일이나 동무란 한낱 괴로운 존재요 우정이란 진정코 위태로운 잔에 떠놓은 물이다. 이 말을 반대할 자 누구랴. 그러나 지기(知己) 하나 얻기 힘든다 하거늘 알뜰한 동무 하나 잃어버린다는 것이 살을 베어내는 아픔이다.

나는 나를 정원에서 발견하고 창을 넘어 나왔다든가 방문을 열고 나왔다든가 왜 나왔느냐 하는 어리석은 생각에 두뇌를 괴롭게 할 필요는 없는 것이다. 다만 귀뚜라미 울음에도 수줍어지는 코스모스 앞에 그윽히 서서 닥터 빌링스의 동상 그림자처럼 슬퍼지면 그만이다. 나는 이 마음을 아무에게나 전가(轉嫁)시킬 심보는 없다. 옷깃은 민감이어서 달빛에도 싸늘히 추워지고 가을 이슬이란 선득선득하여서 설운 사나이의 눈물인 것이다.

발걸음은 몸뚱이를 옮겨 못가에 세워줄 때 못 속에

도 역시 가을이 있고, 삼경(三更)이 있고, 나무가 있
고 달이 있다.

그 찰나 가을이 원망스럽고 달이 미워진다. 더듬어
돌을 찾아 달을 향하여 죽어라고 팔매질을 하였다. 통
쾌! 달은 산산이 부서지고 말았다. 그러나 놀랐던 물
결이 잦아들 때 오래잖아 달은 도로 살아난 것이 아니
냐, 문득 하늘을 쳐다보니 얄미운 달은 머리 위에서
빈정대는 것을……

나는 곳곳한 나뭇가지를 고나 띠를 째서 줄을 매어
훌륭한 활을 만들었다. 그리고 좀 탄탄한 갈대로 화살
을 삼아 무사(武士)의 마음을 먹고 달을 쏘다.

별똥 떨어진 데

밤이다.

하늘은 푸르다 못해 농회색(濃灰色)으로 캄캄하나 별들만은 또렷또렷 빛난다. 침침한 어둠뿐만 아니라 오삭오삭 춥다. 이 육중한 기류 가운데 자조(自嘲)하는 한 젊은이가 있다. 그를 나라고 불러두자.

나는 이 어둠에서 배태(胚胎)되고 이 어둠에서 생장(生長)하여서 아직도 이 어둠 속에 그대로 생존하나보다. 이제 내가 갈 곳이 어딘지 몰라 허우적거리는 것이다. 하기는 나는 세기(世紀)의 초점인 듯 초췌하다. 얼핏 생각하기에는 내 바닥을 반듯이 받들어 주는 것도 없고 그렇다고 내 머리를 갑박이 내려누르는 아무것도 없는 듯하다마는 내막(內幕)은 그렇지도 않다. 나는 도무지 자유스럽지 못하다. 다만 나는 없는 듯 있는 하루살이처럼 허공에 부유(浮遊)하는 한 점에 지나지 않는다. 이것이 하루살이처럼 경쾌하다면 마침 다행할 것인데 그렇지를 못하구나!

이 점의 대등위치에 또 하나 다른 밝음(明)의 초점

이 도사리고 있는 듯 생각킨다. 덥석 움키었으면 잡힐
듯도 하다.

　마는 그것을 휘잡기에는 나 자신이 둔질(鈍質)이라
는 것보다 오히려 내 마음에 아무런 준비도 배포치 못
한 것이 아니냐. 그리고 보니 행복이란 별스런 손님을
불러들이기에도 또 다른 한 가닥 구실을 치르지 않으
면 안 될까보다.

　이 밤이 나에게 있어 어린 적처럼 한낱 공포의 장막
인 것은 벌써 흘러간 전설이오. 따라서 이 밤이 향락
의 도가니라는 이야기도 나의 염원에선 아직 소화시키
지 못할 돌덩이다. 오로지 밤은 나의 도전의 호적(好
敵)이면 그만이다.

　이것이 생생한 관념세계에만 머무른다면 애석한 일
이다. 어둠 속에 깜박깜박 조을며 다닥다닥 나란히 한
초가들이 아름다운 시의 화사(華詞)가 될 수 있다는
것은 벌써 지나간 제너레이션의 이야기요, 오늘에 있
어서는 다만 말 못 하는 비극의 배경이다.

이제 닭이 홰를 치면서 맵짠 울음을 뽑아 밤을 쫓고 어둠을 짓내몰아 동켠으로 훤언히 새벽이란 새로운 손님을 불러온다 하자. 하나 경망스럽게 그리 반가워할 것은 없다. 보아라, 가령 새벽이 왔다 하더라도 이 마을은 그대로 암담하고 나도 그대로 암담하고 하여서 너나 나나 이 가랑지길에서 주저주저 아니치 못한 존재들이 아니냐.

나무가 있다.

그는 나의 오랜 이웃이요 벗이다. 그렇다고 그와 내가 성격이나 환경이나 생활이 공통한 데 있어서가 아니다. 말하자면 극단과 극단 사이에도 애정이 관통할 수 있다는 기적적인 교분(交分)의 표본에 지나지 못할 것이다.

나는 처음 그를 퍽 불행한 존재로 가소롭게 여겼다. 그의 앞에 설 때 슬퍼지고 측은한 마음이 앞을 가리곤 하였다. 마는 돌이켜 생각컨대 나무처럼 행복한 생물은 다시 없을 듯하다. 굳음에는 이루 비길 데 없는 바

위에도 그리 탐탁치는 못할망정 자양분(滋養分)이 있다 하거늘 어디로 간들 생의 뿌리를 박지 못하며 어디로 간들 생활의 불평이 있을소냐. 칙칙하면 솔솔 솔바람이 불어오고, 심심하면 새가 와서 노래를 부르다 가고, 촐촐하면 한줄기 비가 오고, 밤이면 수많은 별들과 오손도손 이야기할 수 있고——보다 나무는 행동의 방향이란 거추장스런 과제에 봉착하지 않고 인위적으로든 우연으로서든 탄생시켜 준 자리를 지켜 무진무궁(無盡無窮)한 영양소를 흡취(吸取)하고 영롱한 햇빛을 받아들여 손쉽게 생활을 영위하고 오로지 하늘만 바라고 뻗어질 수 있는 것이 무엇보다 행복스럽지 않으냐.

이 밤도 과제를 풀지 못하여 안타까운 나의 마음에 나무의 마음이 점점 옮아오는 듯하고, 행동할 수 있는 자랑을 자랑치 못함에 뼈저리듯 하나 나의 젊은 선배의 웅변에 왈(曰) 선배도 믿지 못할 것이라니 그러면 영리한 나무에게 나의 방향을 물어야 할 것인가.

어디로 가야 하느냐 동(東)이 어디냐 서(西)가 어디냐 남(南)이 어디냐 북(北)이 어디냐 아차! 저 별이 번쩍 흐른다. 별똥 떨어진 데가 내가 갈 곳인가보다. 하면 별똥아! 꼭 떨어져야 할 곳에 떨어져야 한다.

종시 (終始)

종점이 시점이 된다. 다시 시점이 종점이 된다.

아침 저녁으로 이 자국을 밟게 되는데 이 자국을 밟게 된 연유가 있다. 일찍이 서산대사가 살았을 듯한 우거진 송림 속, 게다가 덩그러시 살림집은 외따로 한 채뿐이었으나 식구로는 굉장한 것이어서 한지붕 밑에서 팔도 사투리를 죄다 들을 만큼 모아놓은 미끈한 장정들만이 욱실욱실하였다. 이곳에 법령은 없었으나 여인 금납구(禁納區)였다. 만일 강심장(強心臟)의 여인이 있어 불의의 침입이 있다면 우리들의 호기심을 저으기 자아내었고 방마다 새로운 화제가 생기곤 하였다. 이렇듯 수도생활에 나는 소라 속처럼 안도하였던 것이다.

사건이란 언제나 큰 데서 동기가 되는 것보다 오히려 작은 데서 더 많이 발작하는 것이다.

눈 온 날이었다. 동숙(同宿)하는 친구의 친구가 한 시간 남짓한 문안 들어가는 차시간까지를 낭비하기 위하여 나의 친구를 찾아 들어와서 하는 대화였다.

「자네 여보게 이 집 귀신이 되려나?」

「조용한 게 공부하기 작히나 좋잖은가」

「그래 책장이나 뒤적뒤적하면 공부 줄 아나, 전차
간에서 내다볼 수 있는 광경, 정거장에서 맛볼 수 있
는 광경, 다시 기차 속에서 대할 수 있는 모든 일들이
생활 아닌 것이 없거든. 생활 때문에 싸우는 이 분위
기에 잠겨서, 보고, 생각하고, 분석하고, 이거야말로
진정한 의미의 교육이 아니겠는가. 여보게! 자네 책
장만 뒤지고 인생이 어떠하니 사회가 어떠하니 하는
것은 16세기에서나 찾아볼 일일세, 단연 문안으로 나
오도록 마음을 돌리게.」

나한테 하는 권고는 아니었으나 이 말에 귀틈이 뚫
려 상푸둥 그러리라고 생각하였다. 비단 여기만이 아
니라 인간을 떠나서 도를 닦는다는 것이 한낱 오락이
요, 오락이매 생활이 될 수 없고, 생활이 없으매 이
또한 죽은 공부가 아니랴. 하여 공부도 생활화하여야
되리라 생각하고 불일내에 문안으로 들어가기를 내심

으로 단정해 버렸다. 그 뒤 매일같이 이 자국을 밟게
된 것이다.

나만 일찍이 아침 거리의 새로운 감촉을 맛볼 줄만
알았더니 벌써 많은 사람들의 발자욱에 포도(鋪道)는
어수선할 대로 어수선했고 정류장에 머물 때마다 이
많은 무리를 죄다 어디 갖다 터뜨릴 심산인지 꾸역꾸
역 자꾸 박아 싣는데 늙은이, 젊은이, 아이 할 것 없
이 손에 꾸러미를 안 든 사람은 없다. 이것이 그들 생
활의 꾸러미요, 동시에 권태의 꾸러민지도 모르겠다.

이 꾸러미를 든 사람들의 얼굴을 하나하나씩 뜯어보
기로 한다. 늙은이 얼굴이란 너무 오래 세파에 짜들어
서 문제도 안 되겠거니와 그 젊은이들 낯짝이란 도무
지 말씀이 아니다. 열이면 열이 다 우수(憂愁) 그것
이요, 백이면 백이 다 비참(悲慘) 그것이다. 이들에
게 웃음이란 가물에 콩싹이다. 필경 귀여우리라는 아
이들의 얼굴을 보는 수밖에 없는데 아이들의 얼굴이란
너무나 창백하다. 혹시 숙제를 못 해서 선생한테 꾸지

람 들을 것이 걱정인지 풀이 죽어 쭈그러뜨린 것이 활기란 도무지 찾아볼 수 없다. 내 상도 필연코 그 꼴일 텐데 내 눈으로 그 꼴을 보지 못하는 것이 다행이다. 만일 다른 사람의 얼굴을 보듯 그렇게 자주 내 얼굴을 대한다고 할 것 같으면 벌써 요사(夭死)하였을는지도 모른다.

나는 내 눈을 의심하기로 하고 단념하자!

차라리 성벽 위에 펼친 하늘을 쳐다보는 편이 더 통쾌하다. 눈은 하늘과 성벽 경계선을 따라 자꾸 달리는 것인데 이 성벽이란 현대로써 캄플라지한 옛 금성(禁城)이다. 이 안에서 어떤 일이 이루어졌으며 어떤 일이 행하여지고 있는지 성 밖에서 살아왔고 살고 있는 우리들에게는 알 바가 없다. 이제 다만 한 가닥 희망은 이 성벽이 끊어지는 곳이다.

기대는 언제나 크게 가질 것이 못 되어서 성벽이 끊어지는 곳에 총독부, 도청, 무슨 참고국, 체신국, 신문사, 소방소, 무슨 주식회사, 부청, 양복점, 고물상

등 나란히 하고 연달아 오다가 아이스케이크 간판에 눈이 잠깐 머무는데, 이놈을 눈 내린 겨울에 빈 집을 지키는 꼴이라든가 제 신분에 맞지 않는 가게를 지키는 꼴을 살짝 필름에 올리어 본달 것 같으면 한폭의 고등 풍자만화가 될 터인데 하고 나는 눈을 감고 생각하기로 한다. 사실 요즈음 아이스케이크 간판 신세를 면치 아니치 못할 자 얼마나 되랴. 아이스케이크 간판은 정열에 불타는 염서(炎署)가 진정코 아수롭다.

눈을 감고 한참 생각하노라면 한 가지 거리끼는 것이 있는데 이것은 도덕률(道德律)이란 거추장스러운 의무감이다. 젊은 녀석이 눈을 딱 감고 버티고 앉아 있다고 손가락질하는 것 같아서 번쩍 눈을 떠본다. 하나 가까이 자선할 대상이 없음에 자리를 잃지 않겠다는 심정보다 오히려 아니꼽게 본 사람이 없으리란 데 안심이 된다.

이것은 과단성 있는 동무의 주장이지만 전차에서 만난 사람은 원수요, 기차에서 만난 사람은 지기(知己)

라는 것이다. 딴은 그러리라고 얼마큼 수긍하였었다. 한자리에서 몸을 비비적거리면서도 「오늘은 좋은 날씨올시다」 「어디서 내리시나요」 쯤의 인사는 주고받을 법한데 일언반구(一言半句) 없이 뚱―한 꼴들이 작히나 큰 원수를 맺고 지내는 사이들 같다. 만일 상냥한 사람이 있어 요만쯤의 예의를 밟는다고 할 것 같으면 전차 속의 사람들은 이를 정신이상자로 대접할 게다 그러나 기차에서는 그렇지 않다. 명함을 서로 바꾸고 고향 이야기, 행방(行方) 이야기를 거리낌없이 주고받고 심지어 남의 여로(旅勞)를 자기의 여로(旅勞)인 것처럼 걱정하고, 이 얼마나 다정한 인생행로냐?

이러는 사이에 남대문을 지나쳤다. 누가 있어 「자네 매일같이 남대문을 두 번씩 지날 터인데 그래 늘 보곤 하는가」라는 어리석은 듯한 멘탈테스트를 낸다면 나는 아연해지지 않을 수 없다. 가만히 기억을 더듬어 본달 것 같으면 늘이 아니라 이 자국을 밟은 이

래 그 모습을 한번이라도 쳐다본 적이 있었던 것 같지
않다. 하기는 나의 생활에 긴한 일이 아니매 당연한
일일 게다. 하나 여기에 하나의 교훈이 있다. 횟수가
너무 잦으면 모든 것이 피상적이 되어 버리나니라.

이것과는 연관이 먼 이야기 같으나 무료(無聊)한
시간을 까기 위하여 한마디 하면서 지나가자.

시골서는 내노라고 하는 양반이었던 모양인데 처음
서울 구경을 하고 돌아가서 며칠 동안 배운 서울 말씨
를 섣불리 써가며 서울 거리를 손으로 형용하고 말로
써 떠벌려 옮겨놓더란데, 정거장에 턱 내리니 앞에 고
색(古色)이 창연한 남대문이 반기는 듯 가로막혀 있
고, 총독부 집이 크고, 창경원에 백 가지 금수(禽獸)
가 봄직했고, 덕수궁의 옛 궁전이 회포(懷抱)를 자아
냈고, 화신(和信) 승강기는 머리가 휭── 했고 본
정(本町)엔 전등이 낮처럼 밝은데 사람이 물밀리듯
밀리고 전차란 놈이 윙윙 소리를 지르며 지르며 연달
아 달리고── 서울이 자기 하나를 위하여 이루어진

것처럼 우쭐했는데 이것쯤은 있을 듯한 일이다. 한데 게도 방정꾸러기가 있어

「남대문이란 현판이 참 명필이지요」

하고 물으니 대답이 결작이다.

「암 명필이구 말구, 남(南)자 대(大)자 문(門)자 하나하나 살아서 막 꿈틀거리는 것 같데」

어느 모로나 서울 자랑하려는 이 양반으로서는 가당한 대답일 게다. 이 분에게 아현동 고개 막바지에, ── 아니 치벽한 데 말고,── 가까이 종로 뒷골목에 무엇이 있던가를 물었더면 얼마나 당황해 했으랴.

나는 종점을 시점으로 바꾼다.

내가 내린 곳이 나의 종점이요, 내가 타는 곳이 나의 시점이 되는 까닭이다. 이 짧은 순간 많은 사람들 속에 나를 묻는 것인데 나는 이네들에게 너무나 피상적이 된다. 나의 휴머니티를 이네들에게 발휘해 낸다는 재주가 없다. 이네들의 기쁨과 슬픔과 아픈 데를 나로서는 측량한다는 수가 없는 까닭이다. 너무 막연

하다. 사람이란 횟수가 잦은 데와 양이 많은 데는 너무나 쉽게 피상적이 되나보다. 그럴수록 자기 하나 간수하기에 분주하나보다.

시그낼을 밟고 기차는 왱——떠난다. 고향으로 향한 차도 아니건만 공연히 가슴은 설렌다. 우리 기차는 느릿느릿 가다 숨차면 가(假)정거장에서도 선다. 매일같이 웬 여자들인지 주룽주룽 서 있다. 제마다 꾸러미를 안았는데 예의 그 꾸러민 듯싶다. 다들 방년(芳年)된 아가씨들인데 몸매로 보아하니 공장으로 가는 직공들은 아닌 모양이다. 얌전히들 서서 기차를 기다리는 모양이다. 판단을 기다리는 모양이다. 하나 경망스럽게 유리창을 통하여 미인판단을 내려서는 안 된다. 피상적 법칙이 여기에도 적용될지 모른다. 투명한 듯하여 믿지 못할 것이 유리다. 얼굴을 찌깨는 듯이 한다든가 이마를 좁다랗게 한다든가 코를 말코로 만든다든가 턱을 조개턱으로 만든다든가 하는 악희(惡戲)를 유리창이 때때로 감행하는 까닭이다. 판단을 내리

는 자에게는 별반 이해관계가 없다손치더라도 판단을
받는 당자에게 오려던 행운이 도망갈는지를 누가 보장
할소냐. 여하간 아무리 투명한 꺼풀일지라도 깨끗이
벗겨 버리는 것이 마땅할 것이다.

이윽고 터널이 입을 벌리고 기다리는데 거리 한가운
데 지하철도도 아닌 터널이 있다는 것이 얼마나 슬픈
일이냐. 이 터널이란 인류 역사의 암흑시대요, 인생행
로의 고민상이다. 공연히 바퀴소리만 요란하다. 구역
날 악질의 연기가 스며든다. 하나 미구(未久)에 우리
에게 광명의 천지가 있다.

터널을 벗어났을 때 요즈음 복선공사(複線工事)에
분주한 노동자들을 볼 수 있다. 아침 첫차에 나갔을
때에도 일하고, 저녁 늦차에 들어올 때에도 그네들은
그대로 일하는데 언제 시작하여 언제 그치는지 나로서
는 헤아릴 수 없다. 이네들이야말로 건설의 사도들이
다. 땀과 피를 아끼지 않는다.

그 육중한 「도락구」를 밀면서도 마음만은 요원(遙

遠)한 데 있어 「도락구」 판장에다 서투른 글씨로 신경행(新京行)이니 북경행(北京行)이니 남경행(南京行)이니라고 써서 타고 다니는 것이 아니라 밀고 다닌다. 그네들의 마음을 엿볼 수 있다. 그것이 고력(苦力)에 위안이 안 된다고 누가 주장하랴.

이제 나는 곧 종시(終始)를 바꿔야 한다. 하나 내 차에도 신경행, 북경행, 남경행을 달고 싶다. 세계일주행이라고 달고 싶다. 아니 그보다도 진정한 내 고향이 있다면 고향행을 달겠다. 다음 도착하여야 할 시대의 정거장이 있다면 더 좋다.

절대적 양심과 순정한 정신

윤동주는 자신이 지닌 강한 신념으로 양심적인 삶을 실천하려고 노력한 시인이다. 그의 시는 절대적 양심의 순정한 세계를 지향한다. 그러나, 그런 그의 의지는 항상 무잡스런 현실 때문에 좌절되고 굴절된다. 윤동주의 시적 자아가 번민의 모습을 띠게 되는 것은 그런 이유 때문이다.

그가 도달하려는 절대적 양심과 그의 삶이 놓여 있는 실제적 자아 사이에 가로 놓인 이 현격한 괴리는 순정한 자아가 극복해야 할 참으로 어려운 과제이다. 그런데, 절대적 양심과 실제적 자아 사이에 가로 놓인 이 현격한 괴리를 벗어날 길이 아주 없는 것은 아니다. 그가 절대적 양심을 상대적 양심으로 재조정하거나 그런 절대치에 도달하려는 신념을 포기하면 해소될 수 있는 성질의 것이다. 그러나, 윤동주는 이처럼 쉬운 해결의 길이 있음에도 불구하고 묵묵히 번민 속으로 걸어 들어가면서

선명한 인식에 도달하려 하고 있다.

말할 필요도 없이 강한 신념은 확고한 가치를 토대로 하는 것이고 양심은 그것을 수호하기 위한 자아의 판단 기준이다. 그런데 정제된 사회, 가치가 확고하게 정립된 사회에서 양심과 신념을 지켜 사는 일은 그리 어려운 일이 아니다. 그러나, 가치가 혼란된 사회의 내부에서 양심과 신념을 지켜 살려는 자아는 엄청난 좌절을 감내하지 않으면 안 된다. 더구나 시인이 감내해야 할 가치 혼란의 주체가 부정한 지배 권력이고 그 속에서 가치를 추구해야 하는 것이라면, 시인은 형극의 길을 걸어 갈 각오가 필요하게 된다. 윤동주가 그런 경우였다.

다음의 시 〈서시〉는 1941년 11월 20일에 쓴 것으로 되어 있다. 1941년 11월이라면 윤동주가 연희 전문 졸업을 앞둔 시점이고, 또한 일본 유학을 목전에 둔 시점이기도 하였다. 따라서, 이 〈서시〉는 윤동주 자신의 시에 대한 견해를 밝힌 글이며, 그의 시적 지향을 천명한 글로 이해할 수 있다.

> 죽는 날까지 하늘을 우러러
> 한점 부끄럼이 없기를,
> 잎새에 이는 바람에도
> 나는 괴로워했다.
> 별을 노래하는 마음으로
> 모든 죽어가는 것을 사랑해야지
> 그리고 나한테 주어진 길을
> 걸어가야겠다.

오늘 밤에도 별이 바람에 스치운다.

〈서시〉 전문

윤동주는 망명지 북간도에서 태어나 젊은 나이에 적지 일본
에서 옥사했다. 그의 시에 나타나는 인간적 번민과 외로움의
정서는 그의 옥사라는 극적 사건으로 해서 상당한 충격으로 전
달된다. 더욱이 식민지 치하 적지에서 독립운동이란 죄목으로
옥사하게 되는 그의 생애는, 그의 시에 대한 평가들에 커다란
의미의 확산을 요구하기도 한다. 윤동주는 이 〈서시〉에서 사
회와 역사에 대한 책무를 강하게 의식하고 있는 것으로 보인
다. 미완의 자아로부터 완성된 자아로 다가가려는 강한 의지
를 표명하고 있는 것이다.

하늘 앞에 한 점 부끄럼이 없기를 간구하는 이 시의 화자는
스스로 형극의 길을 선택하고 있는 것으로 보인다. '하늘'이라
는 절대 가치 앞에 한 점 부끄럼이 없는 삶을 골라 딛으며 살
아갈 수 있을까. 더구나, '죽는 날'까지 평생을 절대적 양심의
구현자로 살아가기를 천명하고 있는 그의 선택은 모진 시련을
전제로 한 것이 아닐 수 없는 것이다. 그런데, 이처럼 모진 시
련의 길에서 신념을 구현하고자 하는 이 시의 화자는 "잎새에
이는 바람에도/나는 괴로워했다"고 술회하는 감성적이며 서
정적인 인물이다. 이 서정적 화자가 스스로 형극의 길을 선택
한 것은 절대적 양심에 도달하려는 신념 때문이다.

'하늘'은 어떤 파멸에도 침윤되지 않은 온전한 모랄리티를

상징한다. 즉, 이 시인이 바라마지 않는 부끄럽지 않은 삶의 전범이 되어 있는 셈이다. 그렇기 때문에 윤동주는 죽는 날까지 하늘에 부끄럼이 없는 삶을 살 수 있게 되기를 기원하고 있는 것이다. 그러나 그런 간절한 기원에도 불구하고 "오늘 밤에도 별이 바람에 스치"우고 있다. 바람에 스치우는 별은 수난자의 모습을 유추할 수 있게 한다. 즉, 불어오는 바람 속에서 자신의 신념을 지켜 부끄럼없는 삶을 살고자 하는 '양심의 수난자'의 모습인 것이다. 윤동주의 비극은 여기에서 비롯되고 있는 것이다.

부정한 가치가 권력의 힘이 되어 지배하고 있는 시대 상황은 원천적으로 청명한 신념을 구현할 수 없는 상황이다. 그런 상황 속에서 양심과 신념의 길을 가기로 한 자아에게 있어서 비극은 회피할 수 없는 숙명일 수밖에 없는 것이다.

고향에 돌아온 날 밤에
내 백골이 따라와 한 방에 누웠다.

어둔 방은 우주로 통하고
하늘에선가 소리처럼 바람이 불어 온다.

어둠 속에 곱게 풍화작용하는
백골을 들여다보며
눈물 짓는 것이 내가 우는 것이냐
백골이 우는 것이냐

아름다운 혼이 우는 것이냐

지조 높은 개는
밤을 새워 어둠을 짖는다.
어둠을 짖는 개는
나를 쫓는 것일 게다.

가자 가자
쫓기우는 사람처럼 가자
백골 몰래
아름다운 또 다른 고향에 가자

〈또 다른 고향〉

　궁극적으로 그가 도달하고자 하는 '이상적 자아'와 실제 그
가 처해 있는 '현실적 자아', 그리고 번민 속에 그가 인식해낸
참 존재인 '존재적 자아'가 한 '방'에 누워 있다. 이 시의 화
자가 바라보고 있는 인식된 자아의 객관적 상관물은 '백골'이
다.
　'백골'은 육신을 이루는 온갖 치장들이 피와 살까지 버리고
난 후에 보게 되는 가장 근원적인 '존재적 자아'의 모습이다.
그런데, 윤동주가 '백골로서의 자아'를 발견하게 되는 시점은
'고향에 돌아온 날 밤'이다. 고향이 어디인가? 고향은 낯익은
산천과 따사로운 혈육들, 마을 사람들이 살고 있는 공간이다.
그렇기 때문에 타향에서 뼈아픈 고독에 시달리던 사람도 고향

에 돌아오는 순간 행복한 화해의 즐거움을 맛본다. 그런데, 윤동주가 '백골로서의 자아'를 바라보면서 '이상적 자아', '현실적 자아', '존재적 자아'의 분열상을 통감하는 장소가 바로 고향인 것이다. 따라서 윤동주의 고독은 고향에 돌아옴으로써 치유될 수 있는 그런 것이 아니라 뿌리깊고 본질적인 것이라는 사실을 알 수 있는 것이다.

쫓아오던 햇별인데
지금 교회당 꼭대기
십자가에 걸리었습니다.
尖塔이 저렇게도 높은데
어떻게 올라갈 수 있을까요.

鍾소리도 들려오지 않는데
휘파람이나 불며 서성거리다가

괴로웠던 사나이,
행복한 예수 그리스도에게
처럼

十字架가 許諾된다면
모가지를 드리우고
꽃처럼 피어나는 피를
어두워지는 하늘 밑에

조용히 흘리겠습니다.

〈十字架〉 전문

이 시에서는 십자가의 의미를 자신의 현재 속에 담음으로써 자신의 정신적 위상을 극명하게 표명한다. 신의 영광을 증명하기 위하여 예수는 십자가에 못박힌다. 따라서 예수에게 있어서 십자가는 고난의 십자가일지언정 자신의 실존을 무화시키는 것은 아니다. 십자가에 못박힘으로 해서 오히려 진리의 길에 들어서는 것이며, 그의 생은 영원한 가치를 획득하는 것이다. 그리고 또한 십자가에 못박힘으로써 부활의 위업을 구현한다. 윤동주의 '십자가'는 이상의 의미망을 바탕에 깔고 있다.

이 시의 중심 상징인 '십자가'는 교회당 꼭대기에 있고 그 십자가를 햇빛이 비추고 있다. 그러나 자신의 지향점이기도 한 십자가는 너무나 높고 먼 곳에 있다. 그래서 시인은 "첨탑이 저렇게도 높은데/어떻게 올라갈 수 있을까요"라고 반문한다. 다만 그가 할 수 있는 일은 "휘파람이나 불며 서성거리"는 일이다. 엄청난 비운의 현실 속에 살고 있는 시인으로서의 윤동주는 시로써 감당할 수 없는 현실의 획일성 앞에 절망하고 있는 것이다. 현실의 괴로움을 벗어날 수 있는 십자가를 통한 구원의 가능성을 그는 노래하고 있는 것이다. 그러므로 그에게 있어서 현실적 괴로움은 참된 가치에 도달하기 위해 겪어야 할 하나의 과정일 뿐이다. "모가지를 드리우고/꽃처럼 피어나는 피를/어두워가는 하늘 밑에/조용히 흘리겠습니다"는 진

194

술도 아픈 자기 인식의 발로이며 십자가라는 지고의 가치가 존
재함으로써 도달되는 것이다.

바닷가 햇빛 바른 바위 우에
습한 肝을 펴서 말리우자.

코카사쓰 山中에서 도망해 온 토끼처럼
들러리를 빙빙 돌며 肝을 지키자.

내가 오래 기르는 여윈 독수리야!
와서 뜯어 먹어라, 시름없이

너는 살지고
나는 여위어야지, 그러나
거북이야!
다시는 龍宮의 誘惑에 안 떨어진다.

푸로메디어쓰 불쌍한 푸로메디어쓰
불 도적한 죄로 목에 맷돌을 달고
끝없이 沈澱하는
푸로메디어쓰

〈肝〉 전문

윤동주의 시를 강한 응전의 시라고 할 때, 그런 특질을 가장 대표적으로 보여주는 시가 〈肝〉이다. 우선 이 시에는 두 개의 의미 체계가 맞물려 있음에 주목해야 할 것이다. 두 개의 의미 체계란 동양의 '용궁 설화'와 서양의 '프로메테우스' 신화를 말한다.

　잘 아는 바와 같이 용궁설화는 '간'이라는 대상물을 중심 상징으로 하고 있음에 주목할 필요가 있다. '용궁'이 감언이설로 토끼를 바닷속까지 불러들이게 되는 것도 '간' 때문이고, 위기의 처지를 벗어나 토끼가 지상으로 돌아올 수 있었던 것도 '간' 때문이었다. 그러므로, '간'은 유혹에 떨어진 자에게 죽음을 초래하기도 하고, 자신을 통찰한 명민한 자에겐 생명을 주기도 하는 대상이다.

　서양 신화에서 '프로메테우스'는 비극적 인물의 전형이다. 프로메테우스는 천상의 불을 인간에게 건넴으로써 제우스의 가혹한 형벌을 받는다. 이상 두 개의 의미 체계는 모두 '간'을 의미의 축으로 하고 있다. '유혹에 휘둘리게 하는 것'도 '간'이고, '위난의 국면으로부터 벗어나게 해준 것'도 '간'이다. 또한 '종료될 수 없는 아픔' 속에 프로메테우스를 세워두게 하는 것도 '간'인 것이다.

　이 시에서의 '간'은 '지켜야 할 것'이다. 그러나 프로메테우스의 '간'은 아픔을 통해서만 그의 실존이 확인되는 비극적 숙명을 상징한다. 그의 '간'은 독수리에게 쪼아 먹힘으로 소진돼버리는 것이 아니라 부단히 다시 생겨난다. 즉, 이 경우의 '간'은 끊임없이 지속되는 아픔의 환치물인 셈이다.

범박하게 말해서 프로메테우스가 고통을 벗어나기 위해서라면, 자신에게 엄청난 고통을 주는 독수리를 버릴 수 있다. 독수리 기르기를 포기하거나 그 독수리를 날려 버리면 그의 고통과 아픔은 종료될 수 있을 것이다.

　윤동주가 평생을 일관해서 완성해 가려고 노력한 그 절대적 양심의 세계나 윤리적 완성의 인간상은 결과적으로 그에게 벗어날 수 없는 윤리와 규범이 되어 그를 압박하고 고통을 줄 수밖에 없었던 것이다. 프로메테우스는 아픔의 간을 포기하지 않음으로써 존재한다. 즉 프로메테우스의 아픔은 절망적 비전으로서가 아니라, 아픔의 확인을 통해 '내가 여기 있음'을 천명하고 확인하고 있는 것이다.

　윤동주 시의 참된 가치가 바로 여기에 있는 것이다. 윤동주는 단절이나 좌절에 대한 감정적 유로나 화해가 아니다. 윤동주는 단절과 좌절을 강한 정신으로 응시하고 있으며, 고통을 뛰어넘으려는 탄탄한 힘을 지니고 있다. 고통 속으로 묵묵히 다가서면서 고통의 뿌리를 응시해 가는 것이다. 더구나, 이처럼 엄청난 고통에 다가서면서 그 고통의 먹이가 되고 있는 시인은 지극히 서정적 인간이다. 윤동주의 시가 강한 긴장 위에 설 수 있는 것은 그 때문인 것이다.

이 건 청
(한양대 교수)

윤동주 연보

1917(1세)   북간도 명동촌에서 윤영석, 김용 사이의 장남으
            로 출생. 아명(兒名)은 해환(海煥).
1931(15세) 명동소학교 졸업. 대납자 중국인 관립학교에
            편입.
1932(16세) 용정 은진중학교 입학. 일가 명동에서 용정으
            로 이주.
1935(19세) 평양 숭실중학교에 전입학.
1936(20세) 숭실중학교가 신사참배 문제로 문을 닫자 용정
            으로 돌아와 광명중학교에 전입학. 간도 연길
            에서 발행하던 『가톨릭 소년』에 동시 「병아
            리」, 「빗자루」를 발표.
1937(21세) 『가톨릭 소년』에 동시 「오줌싸개 지도」, 「무
            얼 먹구 사나」, 「거짓부리」 발표.
1938(22세) 광명중학교 졸업. 고종 사촌인 송몽규와 함께
            연희전문학교 문과에 입학.
1939(23세) 산문 「달을 쏘다」를 조선일보 학생난에 발표.
            중편 「산울림」을 조선일보사 발행의 『소년』
            지에 발표.
1941(25세) 연희전문학교 졸업. 자선(自選) 시집 『하늘과
            바람과 별과 詩』를 출간하려 했으나 뜻을 이루
            지 못함.

1942(26세) 동경 릿쿄(立敎) 대학 영문과에 입학. 여름 방
학에 마지막으로 고향 용정에 다녀감. 가을에
도시샤(同志社) 대학 영문과에 전입학.

1943(27세) 7월 귀향 직전에 항일운동의 혐의를 받고 일경
에 검거됨.

1944(28세) 2년형을 선고받고 후쿠오카 형무소에 수감됨.

1945(29세) 2월 16일 형무소에서 생을 마침.
고향 용정 동산(東山)에 묻힘.

 sodampublishingcompany

베스트셀러 한국문학선 29

하늘과 바람과 별과 시

펴낸날 | 1996년 11월 16일 초판 1쇄
        2002년 7월 15일 초판 16쇄
지은이 | 윤동주
펴낸이 | 이태권
펴낸곳 | 소담출판사
        서울시 성북구 성북동 178-2 (우)136-020
        전화 | 745-8566~7 팩스 | 747-3238
        e-mail | sodam@dreamsodam.co.kr
        등록번호 | 제2-42호(1979년 11월 14일)
기 획 | 박지근, 이진숙
편 집 | 조희승, 노정환, 김윤경, 김혜선, 김지영
미 술 | 박준철, 김학수, 김영순, 김민정
영 업 | 홍순형, 박종천, 이상혁, 안경찬
관 리 | 최종만, 구영구, 양효숙, 김미순

ISBN 89-7381-202-5 03810
● 책 가격은 뒤표지에 있습니다.